迷《めい》宮《きゅう》突《とっ》破《ぱ》！
60秒の推《すい》理《り》ファイル
パート2
仮《か》説《せつ》の落とし穴《あな》

推理《すいり》やなぞ解《と》きなど頭をフル回転させて、難題《なんだい》をやっと解《と》き終えたときの快感《かいかん》はたまらないですね！

この本にはそんな事件《じけん》がたくさんつまっています。

学校や身近なところで起きた事件《じけん》、はたまた殺人事件《じけん》など、さまざまな問題が出題されています。

あなたは問題の文章やイラストを注意深く観察《かんさつ》して、おかしなところがないかじっくり考えてください。

そして、ひらめきで犯人《はんにん》のしかけたトリックをあばきましょう。

この本を読み終えたとき、あなたは名探偵《めいたんてい》です！

もくじ

ファイルNo.1

なぞの伝言

あるアパートで一人暮《ぐ》らしの老人が殺された。
老人には身寄《みよ》りがなく、交遊があるのは数人だけだった。
その後の警察《けいさつ》の調べで、被害者《ひがいしゃ》は親しいものに
金貸《かねか》しのようなことをしていたとわかった。
聞き込《こ》みで、事件《じけん》当日に被害者《ひがいしゃ》の部屋を訪《たず》ねたのは
二人であることが判明《はんめい》。
警察《けいさつ》は、二人に事情聴取《じじょうちょうしゅ》をおこなった。

■角田三郎《かどたさぶろう》

ケーキショップ「ルメール」を経営《けいえい》。被害者《ひがいしゃ》に二百万円ほど借金《しゃっきん》がある。当日、返すように言われ口論《こうろん》になる。

■丸山一樹《まるやまかずき》

ラーメン店「丸一」の店主。被害者《ひがいしゃ》に百万円ほど借金《しゃっきん》があり、事件《じけん》当日も借《か》りに来ていた。

現場は荒《あ》らされた跡《あと》があったが、
被害者《ひがいしゃ》以外の指紋《しもん》はなかった。
手がかりになるものは、
テーブルの裏《うら》に鉛筆《えんぴつ》で書かれた
なぞの言葉だ。

おそらく、
犯人《はんにん》とのやり取りで危険《きけん》を察知した被害者《ひがいしゃ》が、
とっさに犯人《はんにん》の特定ができる事柄《ことがら》を書いたのだろう。
犯人《はんにん》はいったいどちらだろう？

犯人《はんにん》はラーメン店の店主、丸山《まるやま》。
テーブルの裏《うら》に書かれた「ルーメソ」は、
鏡文字だ。
反転させると「ラーメン」と読める。
正面を向いたまま
テーブルの裏側《うらがわ》に文字を書くと、
鏡文字になる。

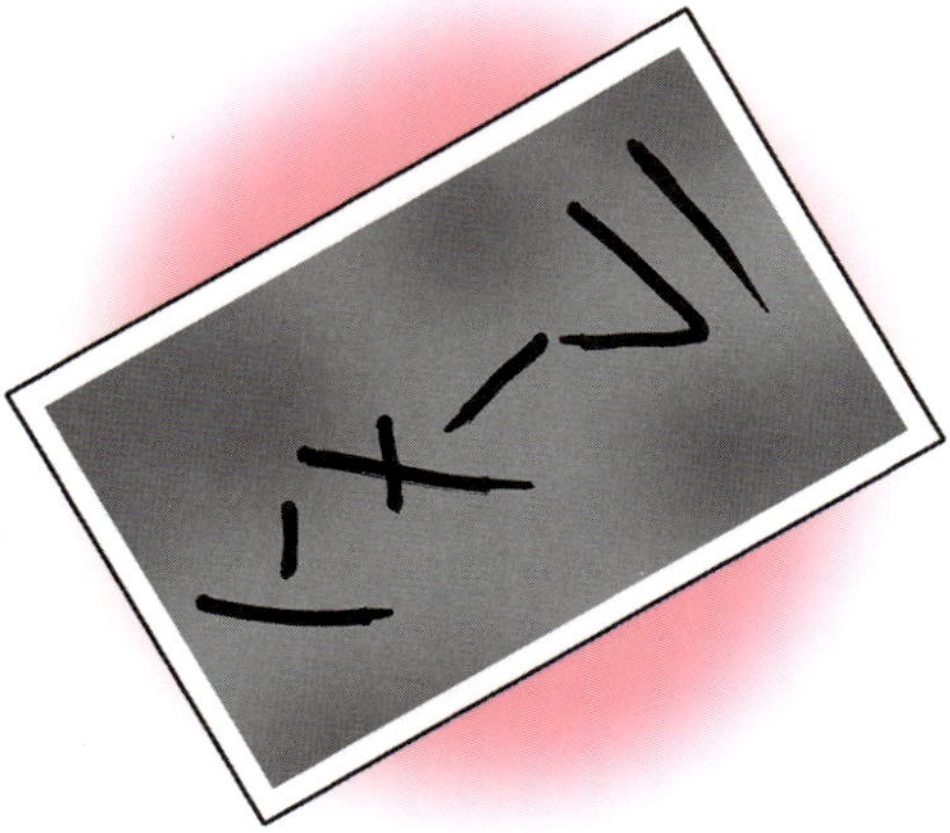

ファイルNo.2

正当防衛《ぼうえい》

マンションの一室で男性《だんせい》Aが友人Bと言い争いになって殺されるという事件《じけん》が発生した。

Bからの通報《つうほう》で警察《けいさつ》は出動して、マンションに到着《とうちゃく》。

現場では、Bが呆然《ぼうぜん》と遺体《いたい》のそばに立っていた。

床《ゆか》に倒《たお》れている被害者《ひがいしゃ》の手にはナイフが握《にぎ》られ、後頭部をなぐられた跡《あと》があり、割《わ》れた花瓶《かびん》の破片《はへん》が周辺に散乱《さんらん》していた。

警察《けいさつ》は、自《みずか》ら通報《つうほう》したBから事件《じけん》の状況《じょうきょう》を聞いた。

■B「彼《かれ》とは友人だったのですが、
最近わたしの企画《きかく》した仕事の
アイデアを盗《ぬす》んで、
自分のものとして
発表しようとしていたので、
話をつけに来たんです。
すると、
話をするうちに彼《かれ》は怒《おこ》り出し、
ナイフを持ち出して
わたしにおそいかかって来ました」

Bの話によると、
相手のナイフをかわした後《あと》、
身を守るために
そばにあった花瓶《かびん》でなぐったのだと
正当防衛《ぼうえい》を主張《しゅちょう》した。

しかし、十文字刑事《じゅうもんじけいじ》は、
死体を見て男のウソを見破《みやぶ》った。
それはなぜだろう？

仮《かり》にBの話が正しかった場合、
身を守るために応戦《おうせん》したというが、
争っている最中に
わざわざAの後頭部をねらうというのはおかしい。
これはBが先にAを後《うし》ろから花瓶《かびん》でなぐり、
Aが倒《たお》れた後《あと》、その手にナイフを握《にぎ》らせ、
あたかもAがおそいかかってきたように装《よそお》い、
正当防衛《ぼうえい》を偽装《ぎそう》しようとしたのだろう。

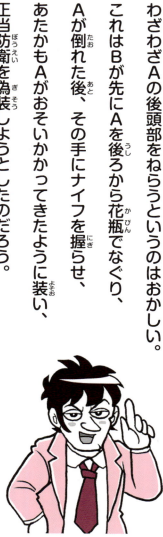

ファイルNo.3

山《さん》荘《そう》殺人事《じ》件《けん》

吹雪《ふぶき》の去《さ》った翌朝《よくあさ》、
とある山間《やまあい》の別荘《べっそう》付近で男の死体が発見された。
被害者《ひがいしゃ》は別荘《べっそう》の持《も》ち主《ぬし》で、警察《けいさつ》はその妻《つま》から通報《つうほう》を受けた。
警察《けいさつ》が現場にかけつけると、
昨夜《さくや》の吹雪《ふぶき》で周り一面は、白一色につつまれていた。
被害者《ひがいしゃ》は別荘《べっそう》の裏口《うらぐち》を出た付近に倒《たお》れていて、
周りには赤い血痕《けっこん》が白い雪の上に飛び散《ち》っていた。
十文字刑事《じゅうもんじけいじ》が妻《つま》に発見時の様子《ようす》を聞いてみると……。

妻《つま》「昨晩《さくばん》は激《はげ》しい吹雪《ふぶき》でしたので、
わたしたちは早めに眠《ねむ》りました。
朝、わたしが目を覚《さ》まして
ベッドを見ると
夫《おっと》の姿《すがた》がありません。
家中を探《さが》していると、
外から言い争う声が聞こえ、
すぐに夫《おっと》の叫《さけ》び声がしたんです」

■刑事《けいじ》「言い争う声は男性《だんせい》ですか？　女性《じょせい》ですか？」

■妻《つま》「男性《だんせい》でした。

わたしがすぐに表に飛び出ると、夫《おっと》が裏口《うらぐち》のそばで倒《たお》れていたんです。

でも、男性《だんせい》の姿《すがた》はありませんでした」

十文字《じゅうもんじ》刑事《けいじ》は殺害現場を調べているうちに犯人《はんにん》がわかった。

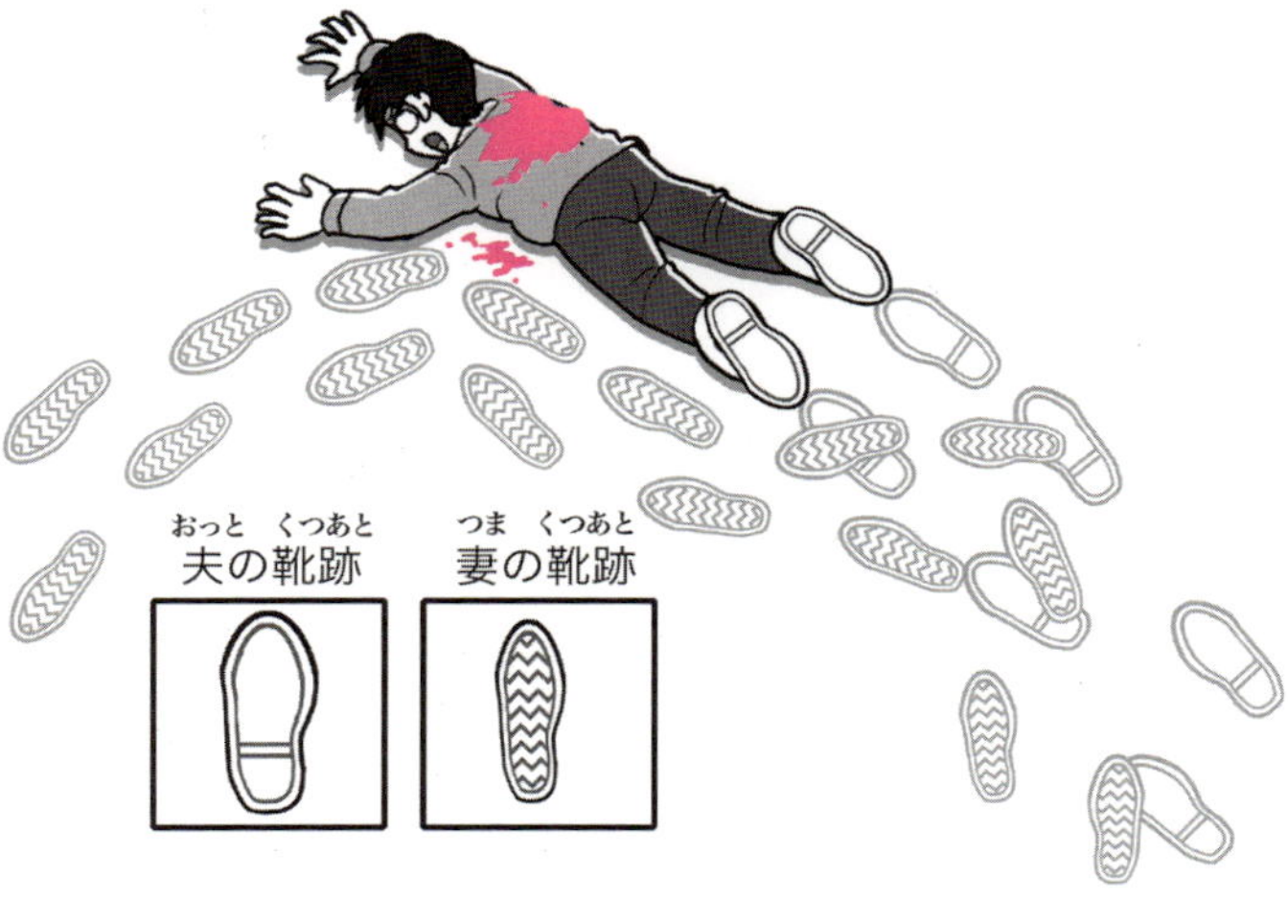

犯人《はんにん》は妻《つま》だ。
ウソの証言《しょうげん》をしている。
妻《つま》は夫《おっと》を殺害して、
その後、誰《だれ》かに殺されたかのように警察《けいさつ》に通報《つうほう》した。
言い争った声を聞いたと証言《しょうげん》しているが、
刑事《けいじ》にはすぐにバレてしまった。
朝には吹雪《ふぶき》がおさまり、
現場には被害者《ひがいしゃ》と妻《つま》の足跡《あしあと》しかなかったからだ。

ファイルNo.4

会話は暗号で

ホテルの客室をねらった強盗《ごうとう》事件《じけん》の首謀者《しゅぼうしゃ》と手下が合流するという情報《じょうほう》が入り、宿泊《しゅくはく》するというホテルのラウンジで十文字刑事《じゅうもんじけいじ》は張《は》り込《こ》んでいた。

ノートパソコンに何やら入力していた首謀者《しゅぼうしゃ》のもとに、手下と思われる男がやって来た。

「パソコンでお仕事ですか?」男はそう言うと首謀者《しゅぼうしゃ》の横に座《すわ》った。

彼《かれ》らは用心深く、世間話を装《よそお》い、今晩《こんばん》ねらう予定の部屋番号を暗号で伝えているらしい。

■手下「今日のわたしの部屋は
ふうふですよ。
あなたは？」
■首謀者《しゅぼうしゃ》「わしは、おやや」
手下には目もくれず、
パソコンを見ながら彼《かれ》は言った。
■手下「ところで今夜のお客さんは
どこでしょう？」

首謀者《しゅぼうしゃ》「うえや。今夜十二時に会おう」

それだけ言うと、
彼《かれ》はノートパソコンを閉じて、
ラウンジを出て行った。

その後、手下が泊《と》まっている部屋は
２４２号室であることがわかった。

さあ、彼《かれ》らが今夜ねらおうとする
部屋番号は？

457室だ。
彼《かれ》らはターゲットにする部屋番号を
パソコンのキーボードの文字で伝え合っていた。
キーボードを見ると
「ふ」のキーには2、「う」には4が書かれている。
手下が言っていた「ふうふ」は
「242」を示《しめ》していることから、
首謀者《しゅぼうしゃ》が言っていた「おやや」は「677」号室。
「お客さん」とは、ねらう部屋のことで、
「うえや」のキーを見ると「457」になる。

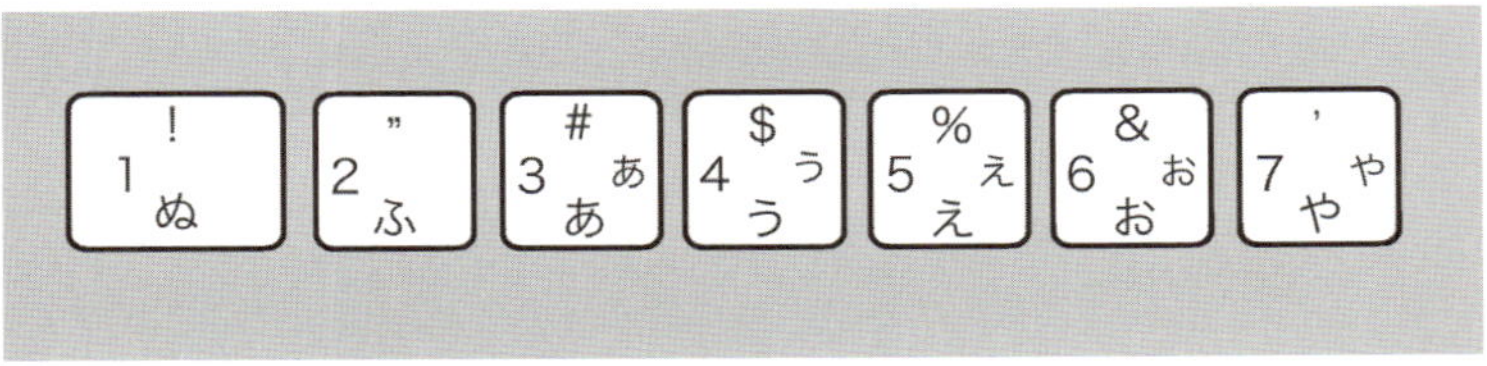

ファイルNo.5

陶芸家殺人事件《とうげいかさつじんじけん》

とある陶芸家《とうげいか》が工房《こうぼう》で殺されていたのを家族が発見して、警察《けいさつ》に通報《つうほう》した。

工房《こうぼう》は外からの訪問者《ほうもんしゃ》も直接入れ、被害者《ひがいしゃ》の周りにはいくつかの靴跡《くつあと》が残されていた。

家族にはアリバイがあり、その後の警察《けいさつ》の捜査《そうさ》で、被害者《ひがいしゃ》が殺された日に工房《こうぼう》を訪《おとず》れたのは三人だということがわかった。

警察《けいさつ》で語った彼《かれ》らの証言《しょうげん》は……。

■松《まつ》本《もと》翔《しょう》太《た》　宅配《たくはい》業者

「わたしが荷物を配達して、帰るときに別の車が来ましたよ」

■森《もり》下《した》里《り》緒《お》　編集者《へんしゅうしゃ》

「わたしが先生とお話をして、帰るときに工房《こうぼう》の入り口で、来客を見ました」

■**山田玄堂《やまだげんどう》**　陶芸家《とうげいか》

「彼《かれ》のところを訪《おとず》れたのは、
わたしが最初だ。
靴跡《くつあと》など工房《こうぼう》にはなかったからな」

証言《しょうげん》と現場写真で刑事《けいじ》はウソをついている人を見つけた。

▼現場の靴跡《くつあと》

家族にアリバイがあり、
工房《こうぼう》をた訪《たず》ねたのが三人だけとなると、
犯人《はんにん》の可能性《かのうせい》が高いのは、
森下里緒《もりしたりお》になる。

現場に残された靴跡《くつあと》をよく見ると、
森下里緒《もりしたりお》のハイヒールがいちばん上にあるので、
最後に工房《こうぼう》を訪《おとず》れたことがわかる。

「来客を見た」
と言っているのは、
もちろん自分の犯行《はんこう》をごまかすためのウソだ。

ファイルNo.6

マラソン大会殺人事《じ》件《けん》

虹《にじ》が原《はら》タウンのマラソン大会がおこなわれようとしている当日、会場付近の林の中で、一人の参加者が何者かに背中《せなか》を刺《さ》されて殺された。

マラソン大会開催《かいさい》の役員が、林から悲鳴《ひめい》が聞こえかけつけるとそこにナイフで刺《さ》された被害者《ひがいしゃ》が倒《たお》れていたのだという。

被害者《ひがいしゃ》の指先には、犯人《はんにん》の手がかりとなる文字が書かれていた。

その後、被害者《ひがいしゃ》と当日接触《せっしょく》した人物が警察《けいさつ》の事情聴取《じじょうちょうしゅ》を受けることになった。

■松田《まつだ》かおり　ゼッケン15番

被害者《ひがいしゃ》の元恋人《こいびと》。
口論《こうろん》しているところを
近所の人に度々《たびたび》目撃《もくげき》される。

■鈴木《すずき》一太《いちた》　ゼッケン51番

被害者《ひがいしゃ》のとなりに住む大学生。
夜遅《おそ》くに友人と騒《さわ》いで
被害者《ひがいしゃ》から注意されていた。

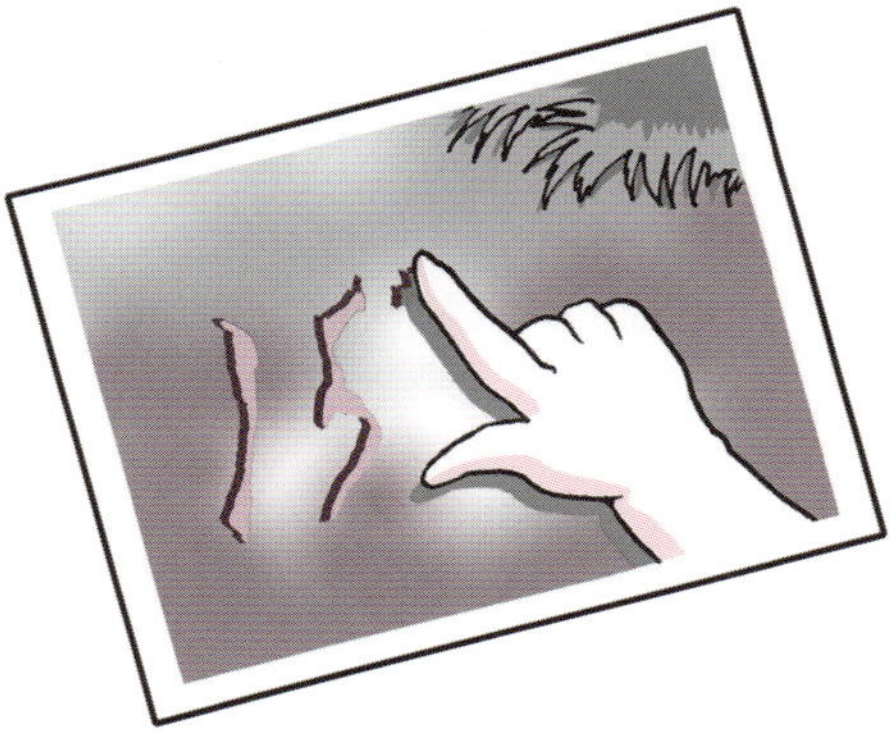

現場に残されていた文字は、
何を伝えたかったのだろう。
十文字刑事《じゅうもんじけいじ》は、被害者《ひがいしゃ》の指先を見て、
犯人《はんにん》が誰《だれ》なのかがわかった。

秋元健太《あきもとけんた》　ゼッケン157番
被害者《ひがいしゃ》の友人。
借《か》りた金のことで
しつこく返済《へんさい》を迫《せま》られていた。

被害者《ひがいしゃ》が死ぬ間際《まぎわ》に残した文字は、
アルファベットの「I」と「S」のようにも見える。
しかし、「S」は一筆《ひとふで》で書くが、
書かれた文字は一筆《ひとふで》ではないので数字の「5」だ。
あきらかに当日のゼッケンの番号で犯人《はんにん》を知らせていたのだ。
また、被害者《ひがいしゃ》の指先を見ると、
「1」と「5」で終わりではなく、
となりに次の数字を書こうと指を移動《いどう》していたのがわかる。
その数字を書く前に息絶《いきた》えたのだろう。
犯人《はんにん》は秋元健太《あきもとけんた》。

ファイルNo.7

カンニング

とある小学校の昼休みの出来事。子どもたちは校庭で遊んでいる。
先生が教室の隅《すみ》に落ちていた紙きれを拾《ひろ》った。
中を見てみると、
今日授業中《じゅぎょうちゅう》にやったテストと同じ内容《ないよう》の要点が書かれていた。
細かい文字でぎっしり書かれ、小さくたたまれていて、
あきらかにカンニングペーパーだとわかった。
すぐに筆跡《ひっせき》が似《に》ている人物が三人見つかった。
放課後、先生は三人を呼《よ》んで話を聞いた。

■**島田《しまだ》 たけし**　図書委員

普段《ふだん》の勉強はよくできて、テストはいつも上位。

運動が苦手《にがて》。

■**後藤《ごとう》 淳《あつし》**　体育委員

五教科の勉強は苦手《にがて》だが、

運動神経《しんけい》はバツグン。

発言力があり、活発な性格《せいかく》。

■**竹下文人《たけしたふみと》**　掲示《けいじ》委員

五教科の勉強はあまり好きではないが、

実技《じつぎ》教科が好き。特に図工が好きで得意。

三人とも自分ではないと言いはった。
この事件《じけん》はクラスで大きな問題になり、
先生はクラス全員を集めて聞いたが、
犯人《はんにん》は名乗り出なかった。

翌日《よくじつ》、先生が教室に入ると、
机《つくえ》の上に封筒《ふうとう》が置かれていた。
中に不思議な手紙と消しゴムが入っていた。

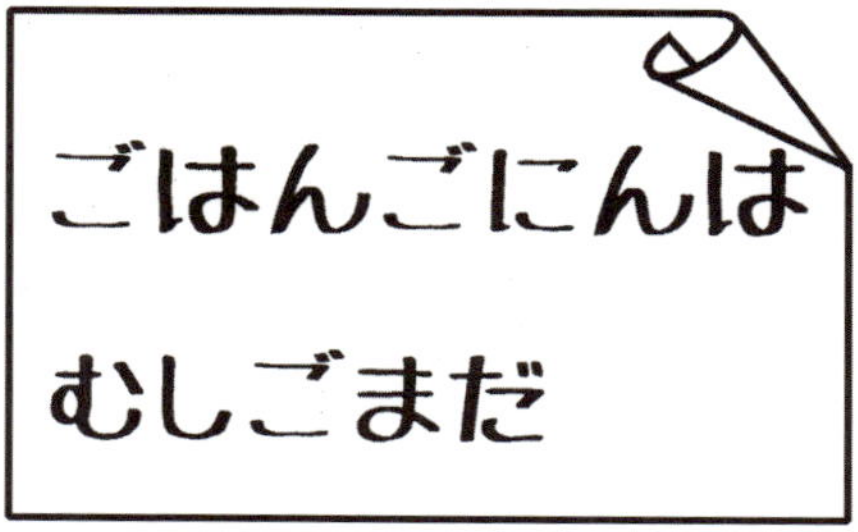

先生はそれを見て、
誰《だれ》がカンニングの犯人《はんにん》かを教えてくれたことがわかった。
手紙には何が書いてあるのだろう?

「はんにんは　しまだ」

〝消しゴム〟がカギなので、

文の中の「ご」と「む」の文字を消す。

カンニングしているのを見た子が、

みんなの前で言うのは気が引けるので、

あえて暗号の形で先生にこっそり知らせたのだろう。

その後、先生が島田《しまだ》に話を聞くと、

自分がやったことを認《みと》め、素直《すなお》にあやまった。

ファイルNo.8

爆《ばく》発《はつ》を止めろ！

テロリストによって、あるビルの爆破《ばくは》が計画されていたが、メンバーの一人の裏切《うらぎ》りで警察《けいさつ》に通報《つうほう》があり、爆破《ばくは》グループのメンバー三人を逮捕《たいほ》することができた。

そして、ビルに仕《し》掛《か》けられた時限爆弾《じげんばくだん》を無事に見つけられた。

しかし、爆発物処理班《ばくはつぶつしょりはん》が時限爆弾《じげんばくだん》のタイマーを解除《かいじょ》する段階《だんかい》で、どのコードを切ったらいいのか迷《まよ》ってしまった。

まちがったコードを切るとすぐに爆弾《ばくだん》は、爆発《ばくはつ》する。

時刻《じこく》は迫《せま》ってきている。

逮捕《たいほ》された爆破《ばくは》グループの三人のうち、
一人だけは警察《けいさつ》に通報《つうほう》してくれた正直者《しょうじきもの》だ。
しかし、残り二人はウソつきだ。
誰《だれ》が正直者《しょうじきもの》なのかは警察《けいさつ》もわからない。
時限爆弾《じげんばくだん》のコードは赤・黒の2本だ。
どちらを切ったらいいだろう?
チャンスは一度のみ。
失敗《しっぱい》はゆるされない。

■犯人《はんにん》A「赤いコードを切れ!」

■犯人《はんにん》B「Aはウソつきだ!」

■犯人《はんにん》C「Bはウソつきだ!」

爆破時刻《ばくはじこく》まであと少しのところで、十文字刑事《じゅうもんじけいじ》は、警察《けいさつ》に協力してくれた者がわかり、爆発《ばくはつ》を回避《かいひ》できた。

何色の線を切ったのだろう?

また、協力者は誰《だれ》だったのだろう?

黒の線を切った。
協力者はBだ。
もしAが正直であれば、
Cの「Bはウソつき」の発言がウソになり、
正直なのがAとCの二人になってしまう。
Cが正直であれば、
Bの「Aはウソつき」の発言はウソになり、
正直なのがCとAの二人になってしまう。
正直なのがBのときだけ、話が合う。

ファイルNo.9

書類どろぼう

ある会社に不審者《ふしんしゃ》が侵入《しんにゅう》して、
新製品開発の書類を盗《ぬす》まれたと警察《けいさつ》に通報《つうほう》があった。
すぐさま警察《けいさつ》は出動し、現場にかけつけた。
不審者《ふしんしゃ》を目撃《もくげき》したのは、会社の開発部の社員だ。
会社には守衛《しゅえい》もおり、不審者《ふしんしゃ》が入った形跡《けいせき》はない。
また、出て行った形跡《けいせき》もない。
刑事《けいじ》は不審者《ふしんしゃ》と遭遇《そうぐう》したという社員に
そのときの状況《じょうきょう》をくわしく聞いた。

■会社員

「わたしが
書類の保管してある部屋に
入ろうとすると、
いきなりドアが開いて
見知らぬ男が
中から飛び出して来たんです。
ドアがわたしの顔に
当たりそうになり、
一瞬《いっしゅん》あせりましたよ」

■刑事《けいじ》「出て来たのは
どんな男でしたか?」
■会社員「突然《とつぜん》の出来事に
動揺《どうよう》してしまい、おぼえていません。
気がつくと男は走り去《さ》っていました」

刑事《けいじ》が現場のドアを見たとき、
会社員がウソを言っていることを
見抜《みぬ》いた。

ドアの蝶番《ちょうつがい》のつき方が違《ちが》う。
ドアは蝶番《ちょうつがい》の取りつけ方によって、
内側に開くものと外側に開くものに分かれる。
会社員の男が入ろうとした部屋は内開きなので、
ドアが開いても、証言《しょうげん》にあるように
廊下《ろうか》にいる人に当たることはない。
会社員の男がウソをついている証拠《しょうこ》だ。
その後、この男は書類を盗《ぬす》み、
ライバル会社に売ろうとしていたことが発覚《はっかく》した。

推《すい》理《り》力《りょく》テスト❶

●友だちのウソ

夏休みにアフリカ旅行をして、
サバンナの野生の動物を
見てきたモリヤマが
自慢《じまん》げにみんなに
写真を見せている。
彼《かれ》は本当に
アフリカに行ったの
だろうか？

こたえは126ページ

推《すい》理《り》力《りょく》テスト❷

●なぞの手紙

怪盗《かいとう》ドロンがある宝石店《ほうせきてん》に
なぞの手紙を送りつけてきた。
ここには高額《こうがく》で有名な
宝石《ほうせき》があるらしい。
これは警察《けいさつ》に対しての挑戦状《ちょうせんじょう》だ。
ドロンがねらっているものとは
何か!?

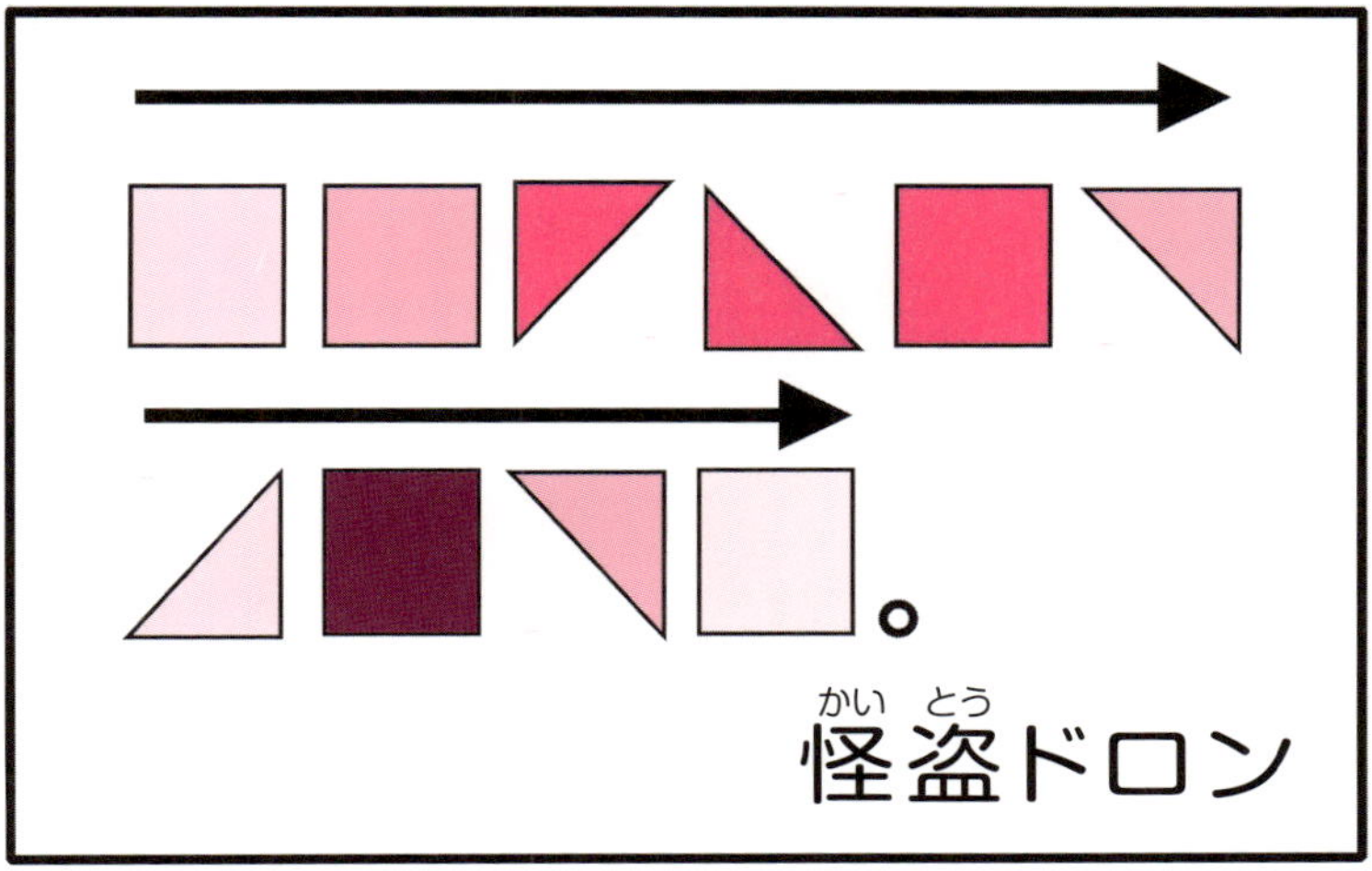

二つの手紙を見比《みくら》べながら、暗号を解《と》いてみよう。

こたえは126ページ

観《かん》察《さつ》力《りょく》テスト①

●順位を当てよう！

運動会の100メートル走の結果を四人が話している。
四人の順位を推理《すいり》しよう！

カイト「タイチには勝ったぞ」
サトル「ナオキに負けたよ」
ナオキ「カイトよりお先にゴールさ」
タイチ「3位をぬかして、すぐゴールした」

こたえは126ページ

ファイルNo.10

怪《かい》盗《とう》からの挑《ちょう》戦《せん》状《じょう》

高級宝石店《ほうせきてん》からは高価な宝石《ほうせき》を、美術館《びじゅつかん》からは有名な絵画《かいが》を
盗《ぬす》み出す怪盗《かいとう》ドロンがあちこちに出没《しゅつぼつ》して、
日本中をさわがせていた。
警察《けいさつ》も頭をかかえ、手の打ちようがない。
そんなある日、警察《けいさつ》に怪盗《かいとう》ドロンからなぞの手紙が届《とど》いた。
中には文字や記号で書かれた不思議な紙が入っていて、
解読《かいどく》不能だ。

刑事《けいじ》「つぎにねらう
ターゲットか。
これはわれわれに対しての
挑戦状《ちょうせんじょう》だな。
けれど、
さっぱりわからない。
この文字を
どこかで見たような
気もするが」

つぎのターゲットは

た▲　か◀　や▼　な▼

は◀　゛゜小　さ◀　゛゜小　や▲　゛゜小　た▲　か　わ▲

怪盗《かいとう》ドロン

部下が封筒《ふうとう》をのぞくと、
別の紙がもう一枚《まい》入っていた。

部下「おっ！
これが暗号を解《と》くカギか！」

怪盗《かいとう》ドロンがつぎにねらうのは
どこだろう？

これはスマートフォンで日本語の文字を入力するときの
テンキーをあらわしている。
例えば、「あ」の横にある
三角の向きが左をさせば「い」、
文字だけの場合は、そのまま読む。
その他のキーは、
半濁音《はんだくおん》（゜）や濁音《だくおん》（゛）、「拗音《ようおん》」などをあらわしている。
それらをもとに解読《かいどく》すると
「つきよの　びじゅつかん」となる。

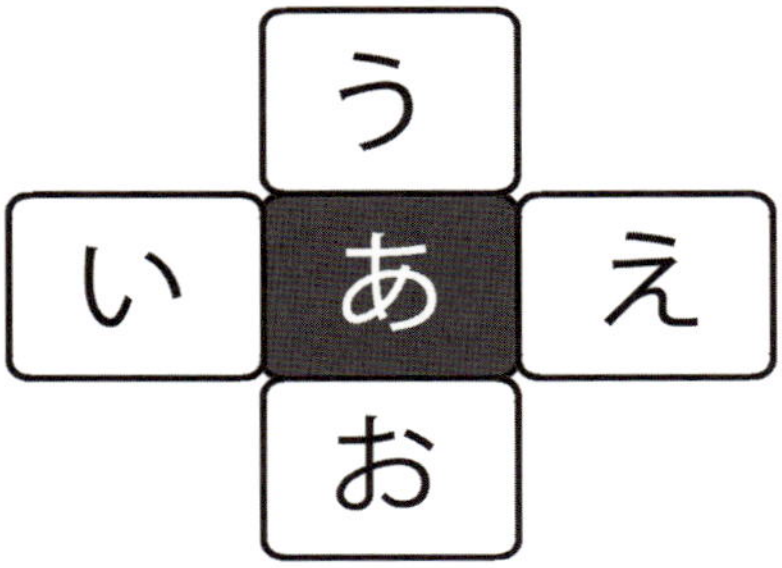

ファイルNo.11

ダイイングメッセージ

ある会社で、深夜に残業をしていた鈴木《すずき》 剛《つよし》が殺された。
いっしょに残業をしていた同僚《どうりょう》の山口《やまぐち》から警察《けいさつ》に通報《つうほう》があった。
会社にその時間にいたのは、被害者《ひがいしゃ》を除《のぞ》いて発見者の山口《やまぐち》、
同じく同僚《どうりょう》の田中《たなか》、そして、ビルの警備員《けいびいん》の田口《たぐち》の三人だけで、
防犯《ぼうはん》カメラを確認《かくにん》したが、ビルに侵入《しんにゅう》したものは映《うつ》っていなかった。
十文字《じゅうもんじ》刑事《けいじ》が三人に発見当時の様子を聞いてみた。

■山口幸人《やまぐちゆきと》　被害者《ひがいしゃ》の同僚《どうりょう》

「わたしがトイレに行って
もどって来たら、
鈴木《すずき》は殺されていたんです。
部屋に田中《たなか》の姿《すがた》はありませんでした」

■田中《たなか》　充《みつる》　被害者《ひがいしゃ》の同僚《どうりょう》

「わたしは
山口《やまぐち》がトイレに行っている間に、
鈴木《すずき》にあいさつをして
一足先に帰りました」

■田口《たぐち》健介《けんすけ》　警備員《けいびいん》

「わたしはビル内を見回っていて、
一人で仕事をしている
鈴木《すずき》さんを見ましたよ」

被害者《ひがいしゃ》は
机《つくえ》にうつ伏《ぶ》せの状態《じょうたい》で発見され、
そばにはペンとメモ用紙があった。
そこには「田口《たぐち》」と書いてあったのだが、
犯人《はんにん》を知らせるダイイングメッセージ
なのだろうか？

田口《たぐち》は犯人《はんにん》ではない。
「田口《たぐち》」と書かれた文字の「田」が
不自然なバランスになっている。
犯人《はんにん》は犯行《はんこう》後、
メモに「山口《やまぐち》」と書かれたことに気づき、
「山」に線を書き加え、
逆《ぎゃく》にこれを利用して
「田口《たぐち》」の犯行《はんこう》に見せかけようとしたのだ。
その後、山口《やまぐち》は犯行《はんこう》を自白した。

ファイルNo.12

恐喝《きょうかつ》

十文字刑事《じゅうもんじけいじ》が町を歩いていると、
公園で中学生らしい少年が高校生数人に囲まれていた。
このところ、
この付近で恐喝《きょうかつ》の被害《ひがい》にあっている子どもたちが
大勢《おおぜい》いるとの情報《じょうほう》があったところだ。
十文字刑事《じゅうもんじけいじ》は、そのまま見過《みす》ごすわけにはいかないので、
少年たちのそばに行って話を聞くことにした。

■**刑事《けいじ》**「キミたち、
おじさんは警察《けいさつ》のものなんだけど、
ここで何をやってるのかな？」
十文字刑事《じゅうもんじけいじ》の声かけに中学生らしい少年は、
うつむきおどおどして返事がない。
胸《むね》には「新谷」という名札《なふだ》が見えた。

高校生「ああ、おれたち
ここにいる『シンタニ』とは
昔のテニス友だちなんです。
久《ひさ》しぶりに会ったんで、
話をしていたんですよ」

それを聞いて十文字《じゅうもんじ》刑事《けいじ》は、
高校生のウソを見抜《みぬ》いた。
なぜ、ウソだとわかったのだろう?

男の子の名前が違《ちが》う。
十文字《じゅうもんじ》刑事《けいじ》が聞いたとき、
高校生は中学生のことを「シンタニ」と呼《よ》んだが、
ラケットのイニシャルを見るとどこにも「S《エス》」の文字はない。
高校生は十文字《じゅうもんじ》刑事《けいじ》の質問《しつもん》にあわてて、
中学生の名札《なふだ》「新谷」を見てそう読んだのだろう。
けれど、男の子のイニシャルが「T《ティー》・A《エー》」ということは、
名字は「シンタニ」ではなくおそらく「アラヤ」などだ。
昔の友だちの名字を間違《まちが》えるわけがない。

ファイルNo.13

アリバイ偽《ぎ》装《そう》

雨上がりの午後、
ある事務所に強盗《ごうとう》が入り金品をうばって逃走《とうそう》した。
犯人《はんにん》は男一人だ。
男が去《さ》った後《あと》、すぐに警察《けいさつ》に通報《つうほう》があり、
周辺の防犯《ぼうはん》カメラなどを解析《かいせき》。
その後の捜査《そうさ》線上に上がったのは三人。
警察《けいさつ》はそれぞれに事件《じけん》当時の様子を聞いた。

■新矢美治《しんやみはる》　職業《しょくぎょう》　ガードマン

「その時間は、わたしは寝《ね》てましたよ。
今朝の六時まで勤務《きんむ》して、
家に帰ってから
すぐにベッドへ直行です」

■加部守《かべまもる》　職業《しょくぎょう》　塗装業《とそうぎょう》

「今日は、朝からずっと
外壁塗装《がいへきとそう》の仕事です。
今、家に帰って来たばかりです。
たしかに、昼間パトカーの
サイレンが聞こえましたね」

■二谷高貴《にたにこうき》　職業《しょくぎょう》　放送作家

「わたしは今日が
原稿《げんこう》のしめきりなんで、
今も必死で書いているところです。
ずっとパソコンとにらめっこで
何も知りませんよ。
ああ、時間がもったいないな。
もういいですか？」

十文字刑事《じゅうもんじけいじ》は、彼《かれ》らの職業《しょくぎょう》を聞いて
犯人《はんにん》のウソを見破《みやぶ》った。

事件《じけん》は雨上がりの午後に起こった。
塗装業《とそうぎょう》は、ペンキに雨が混《ま》ざったり、湿度《しつど》が高いと
きれいにできず、耐久力《たいきゅうりょく》も弱くなるので
仕事柄《がら》、雨の日や予報で雨が降《ふ》りそうなときは
外での仕事をしないのがプロだ。
雨の日に塗装《とそう》はしない。
この男はあきらかにウソを言っている。
犯人《はんにん》は加部《かべ》 守《まもる》だ。

ファイルNo.14

おかしな宿題

虹《にじ》が原《はら》小学校五年一組の帰りの会でのエピソード。
担任《たんにん》の先生が帰りの会で宿題のプリントを配《くば》り終えると、
宿題に混《ま》じって、不思議な文字が書かれたメモがまぎれていた。
子どもたちがそれを質問《しつもん》すると、
「家に帰ったら、それを先に解《と》いてごらん」
先生はニコニコしながらみんなの顔を見た。
パズルクラブの顧問《こもん》でもある先生は、
どうやらそのメモも、なぞ解《と》きのクイズらしい。

A

「なんだ！　これ〜？　日本語か〜？」

B

「先生お得意の暗号だね！」

C

「なんだかさっぱりわからないですよ。
先生！　ヒントはないんですか？」

からがやまたら
さやかだあは
なさ。

■**先生**「これと合わせて
暗号を解《と》いてごらん」

■**D**「えー？
『あたただあ』が『おてつだい』？
ますますわからなくなっちゃった！」

■**先生**「文字の形や色をよく見てごらん。
法則《ほうそく》が見つかるはずだ」

キミは暗号が解《と》けるかな？

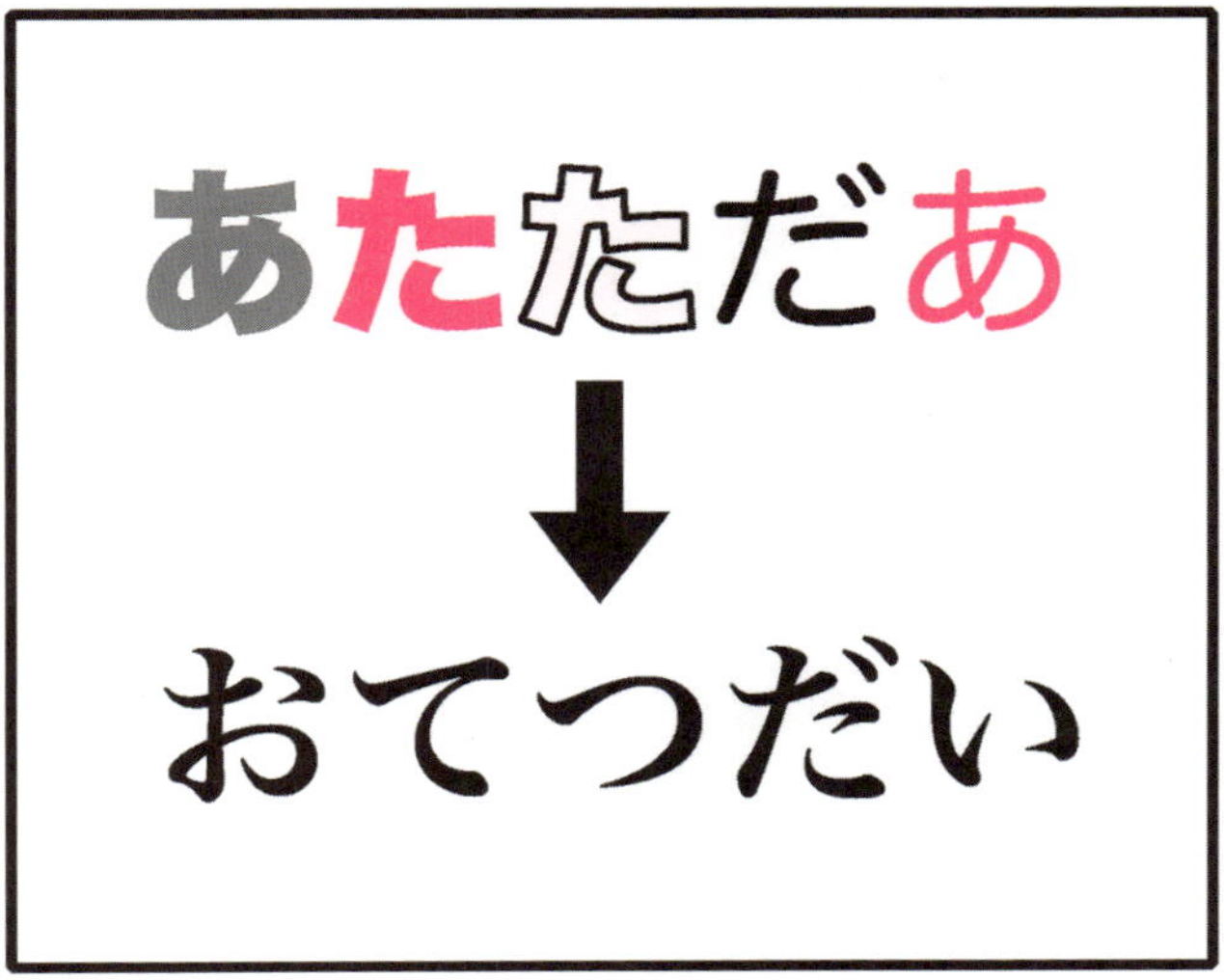

これは文字の書体と色が解《と》くカギになっている。
まず、それぞれの文字は、五十音の「行」をあらわす。
つぎに黒く細い文字は「あ」段《だん》。
赤く細い文字は「い」段《だん》。
白抜《しろぬ》きの太い文字は「う」段《だん》。
赤く太い文字は「え」段《だん》。
灰色《はいいろ》の太い文字は「お」段《だん》を表す。
それに当てはめて読むと
「これがよめたら しゅくだいは なし」となる。

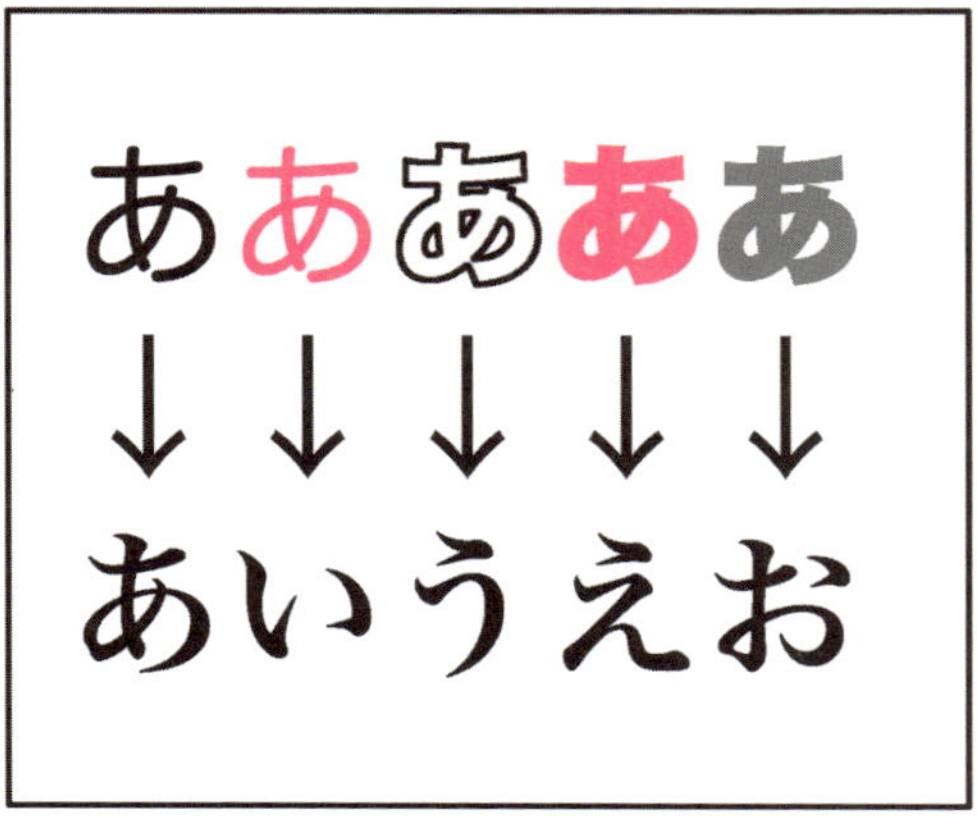

ファイルNo.15

十《じゅう》文《もん》字《じ》刑《けい》事《じ》の危《き》機《き》

深夜、人通りがない道を一人で帰宅《きたく》途中《とちゅう》の十文字刑事《じゅうもんじけいじ》は、背後《はいご》に人の気配《けはい》を感じた。そして突然《とつぜん》、真後《まうし》ろから手が伸《の》びて十文字刑事《じゅうもんじけいじ》の口元に布《ぬの》があてがわれた。

その瞬間《しゅんかん》、薬品のにおいが広がり意識《いしき》が遠のいた。

それから、どれくらいの時間が経《た》っただろう。

気がつくと、見知らぬ部屋の中に倒《たお》れていた。

部屋を出ようとしたが、カギがかけられドアは開かない。

そばには三つの金属製《きんぞくせい》の箱《はこ》と手紙が置かれていた。

手紙は、怪盗《かいとう》ドロンからの挑戦状《ちょうせんじょう》だった。

【十文字《じゅうもんじ》君お目覚《めざ》めかな？
キミと知恵比《ちえくら》べがしたくてここに招待《しょうたい》した。
ここに三つの箱《はこ》がある。
その中のどれか一つに
この部屋のドアのカギが入っている。
ただし、残り二つの箱《はこ》は爆弾《ばくだん》が入っていて、
まちがって開ければ爆発《ばくはつ》する。
カギの入った箱《はこ》にだけ、
正しいことが書いてある。
うまくカギを見つけて、脱出《だっしゅつ》できるかな？】

十文字刑事《じゅうもんじけいじ》は
足元に置かれた箱《はこ》を
じっくりながめ、
なぞを解《と》きはじめた。
いったいどの箱《はこ》に
カギが入って
いるのだろう？

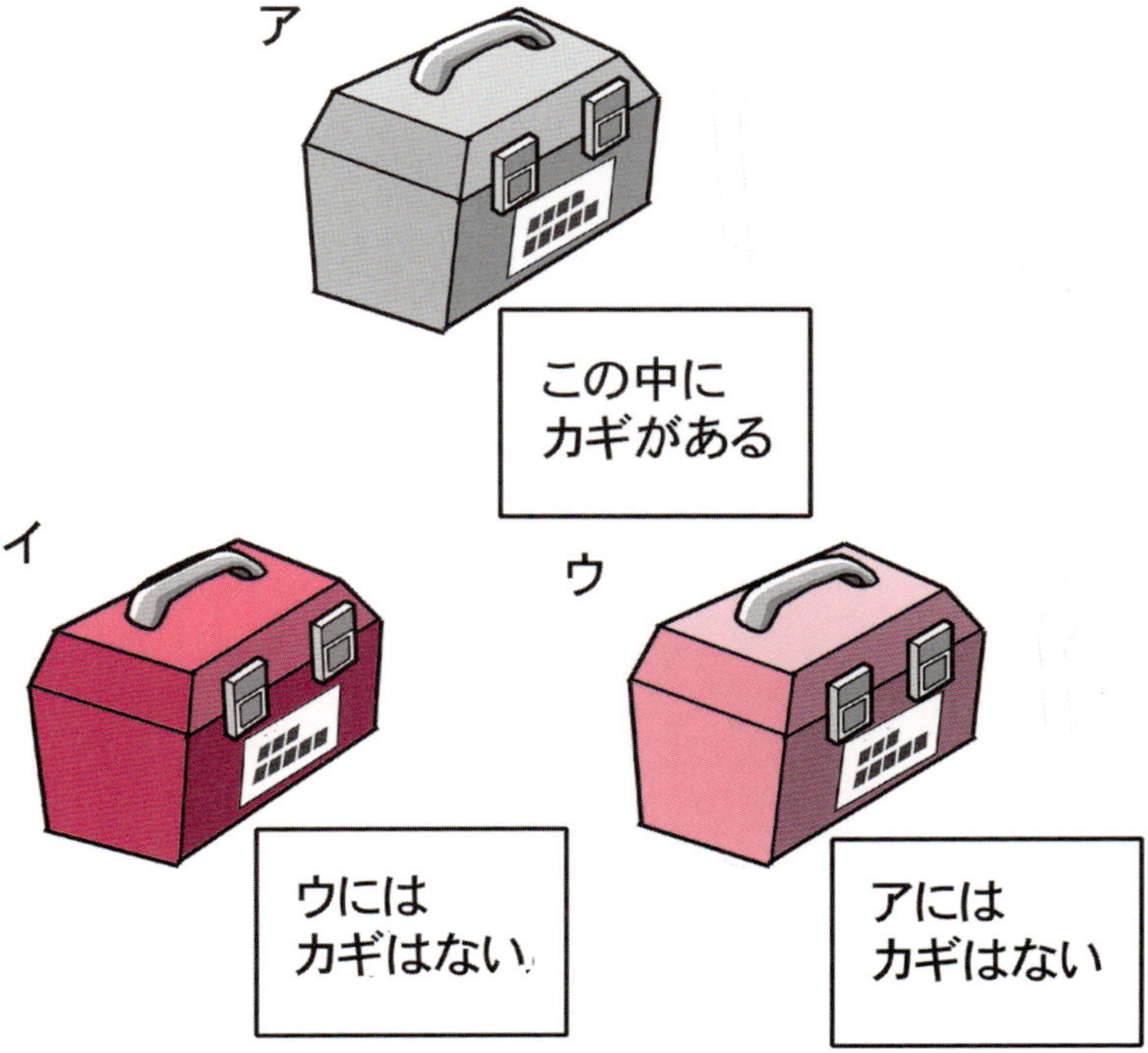
ア
この中に
カギがある
イ
ウには
カギはない
ウ
アには
カギはない

仮《かり》にアが正しい場合にイの言葉も本当になり、
本当が二つになってしまうので話が合わない。
イが正しい場合はウの言葉も正しくなり、
これも本当が二つになってしまう。
ウに書いてある言葉が正しいときだけ、
残り二つがウソになり、条件《じょうけん》に合う。
正しく書いてあるのは一つだけなので、
ウにカギが入っている。

ファイルNo.16

残されたメモ

とある男性《だんせい》の小説家が、自宅《じたく》の仕事場で、死体で発見された。
首には絞《し》められた跡《あと》があり、床《ゆか》に座《すわ》り込《こ》むようなかっこうで、
かべにもたれかかっていた。
打ち合わせに来た編集者《へんしゅうしゃ》が死体を見つけ、警察《けいさつ》に連絡《れんらく》した。
鑑識《かんしき》が調査《ちょうさ》する中、被害者《ひがいしゃ》の背中《せなか》側のかべに
文字のような引っかきキズを見つけた。
被害者《ひがいしゃ》は独身《どくしん》で、家には彼《かれ》以外いないが、
その日、被害者宅《ひがいしゃたく》を訪《おとず》れた人物が三人いた。

■**富山春樹**《とみやまはるき》　編集者《へんしゅうしゃ》

死体の第一発見者。
被害者《ひがいしゃ》の担当《たんとう》だが、
作品の内容でよく口論《こうろん》をしていた。

■**江藤**《えとう》　**輝**《ひかる》　小説家

被害者《ひがいしゃ》の同期の作家。
彼《かれ》に自分の作品を盗《ぬす》まれたと
主張《しゅちょう》している。

■**日野《ひの》千明《ちあき》**　ホームヘルパー

週に二回自宅《じたく》の仕事場のそうじに通《かよ》う。
口数は少なく、
被害者《ひがいしゃ》ともあまり言葉を交《か》わさない。

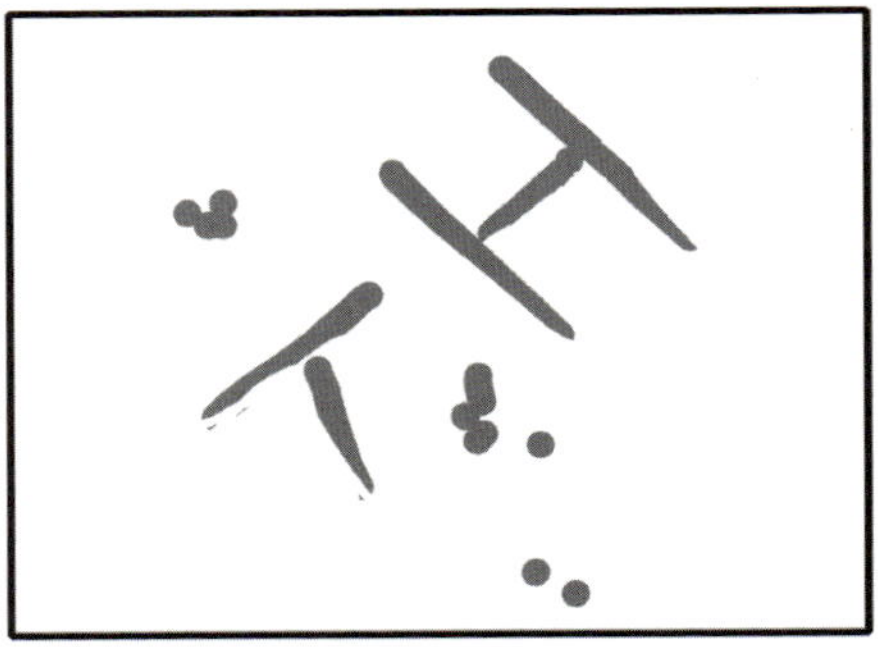

この中で
怪《あや》しい人物は誰《だれ》だ？

被害者《ひがいしゃ》が亡《な》くなる前に、かべを引っかき書かれたと思われる文字は一見、
イニシャルで、「T《ティー》・H《エイチ》」が犯人《はんにん》のようだ。
しかし、アルファベットなら「T《ティー》」の書く向きが
違《ちが》うことに注目してほしい。
横の線が右から左にむかって書かれている。
これはカタカナの「ト」の書き方だ。
そうなると「H《エイチ》」でなく「エ」ということがわかる。
かべに書かれた文字は縦《たて》に読み「エト」となる。
つぎの「ウ」の字を書こうとして、被害者《ひがいしゃ》は息絶《いきた》えたと推測《すいそく》される。
江藤《えとう》が犯人《はんにん》の可能性《かのうせい》が高い。

ファイルNo.17

あいまいな目撃《もくげき》証言《しょうげん》

深夜、人と車の接触事故《せっしょくじこ》があったが、
車はそのまま走り去《さ》ってしまった。
ひき逃《に》げ事件《じけん》だ。
たまたま事故《じこ》を目撃《もくげき》した人がいて、警察《けいさつ》に通報《つうほう》。
すぐに現場には警察《けいさつ》と救急車が到着《とうちゃく》し、
被害者《ひがいしゃ》は病院へ搬送《はんそう》された。
現場付近で目撃《もくげき》した人は三人いて、
警察《けいさつ》は目撃《もくげき》者に当時の様子を聞いた。

■**男A**「オレがここを歩いていたとき、
ドンという音が聞こえたので、
音の方を見ると
白い車が走っていくのが見えたんだ。
ナンバーは、『し 69』
までは覚《おぼ》えて
いるよ」

■**女A**「わたしは、白い車が男の人を
ひいて走り去《さ》るところを見ました。
ナンバーは、たしか『わ 69』……。
すみません。
後《あと》は、はっきり覚《おぼ》えていません」

■男B「ボクが見たのは
シルバー色の車だったような。
ナンバーの最初の二ケタは『へ　96』
だったかな」

警察《けいさつ》は三人が、とっさの出来事ではっきり覚《おぼ》えていないことは理解《りかい》した。
しかし、この中でいちばん正しそうな情報《じょうほう》はどれだろう？

車のナンバープレートの数字の前につくひらがなで、
絶対《ぜったい》に使用しないものがある。
それは「お」、「し」、「へ」、「ん」だ。
「お」は、「あ」や「す」、「む」などに似《に》ているのでまちがわれやすい。
「し」は、死を連想させる。
「へ」は、おならを連想させるので使わないらしい。
「ん」は言いづらい。
なので、目撃証言《もくげきしょうげん》の中では女Aの証言《しょうげん》が、
いちばん信頼《しんらい》がおけそうに思える。
ちなみにナンバーに「わ」がつくのは、レンタカーだ。

ファイルNo.18

おみこし破《は》損《そん》事《じ》件《けん》

小学校の運動会のリレーで使う「おみこし」が何者かにこわされてしまった。おみこしは体育館にしまってあったが、その日は教員がカギをかけわすれてしまい、自由に出入りできたことがわかった。

防犯《ぼうはん》カメラで外部からの侵入者《しんにゅうしゃ》がいないことはあきらかで、子どもがいたずらでやったようだ。

その後の調べで体育館に入った子どもは四人。

いちばん最後に帰ったものがいたずらをしたのだろう。

■アラキ「たしかに体育館に入ったけど、
ボクより先に一人帰る人がいて、
ボクの後《あと》にも誰《だれ》かいたよ」

■イシダ「アラキの後《あと》に帰りました。
そのときは、
おみこしはこわれていませんよ。
いたずらしたのは後《あと》に残った人です」

■ウエダ「ボクらの他にも入っている子がいました。ボクが帰ったのは二番目でも三番目でもなかったです」

■エノモト「ボクは体育館に入りました。でも、ウエダより先に帰りました。おみこしにはさわっていません」

四人が全員ウソをついていないとすると、最後まで残って、いたずらしたのは誰《だれ》だろう?

四人が正直《しょうじき》に話しているのなら話を総合《そうごう》すると、
体育館を出た順番は
エノモト↓アラキ↓イシダ↓ウエダの
順になる。
最後まで残ったのはウエダ。
話を聞くとウエダは運動会がきらいなので、
ついやってしまったようだ。

推理力《すいりりょく》テスト③

●テストの順位

リョウタは塾《じゅく》のテストで順位が
前から数えて15番目。
後《うし》ろから数えたら
10番目の成績《せいせき》だった。
テストを受けたのは何人だろう？
なお、同じ点数の人はいない。

こたえは126ページ

観察力《かんさつりょく》テスト②

●コードネーム

あるサギ集団が逮捕《たいほ》された。

彼《かれ》らはお互《たが》いの素性《すじょう》がバレないようにSNSで本名でなく、暗号で相手を認識《にんしき》していた。

警察《けいさつ》が、彼《かれ》らの部屋をくまなく探《さが》すと、名前を示《しめ》すようなメモが見つかった。

●マツシタ
●タジマ
●モトハシ
●ツツミ
●マツモト

■記号を見て、それぞれがあらわす犯人《はんにん》の名前を推理《すいり》してほしい。

こたえは126ページ

推理力《すいりりょく》テスト④

●メモ用紙のひみつ

ある男性《だんせい》がマンションの一室で何者かに殺された。
机《つくえ》の上には、不自然に破《やぶ》り取られた跡《あと》が残る
メモ用紙とボールペンがあった。
ダイイングメッセージを犯人《はんにん》に気づかれ、
破《やぶ》り取られてしまったようだ。
しかし、十文字刑事《じゅうもんじけいじ》は
この部屋にあるものにより、
読むことができた。
どうやったのだろう？

こたえは126ページ

ファイルNo.19

雨の日の侵入者《しんにゅうしゃ》

ある雨のはげしく降《ふ》る日の出来事だ。男性《だんせい》が自宅《じたく》で仕事をしている最中に強盗《ごうとう》におそわれ、金品をうばわれるという事件《じけん》が発生した。

本人から１１０番通報《つうほう》が入り、すぐさま警察《けいさつ》が現場に直行した。現場は犯人《はんにん》に物色された跡《あと》があり、書類などが散乱《さんらん》していた。

警察《けいさつ》は、そのときの様子を男性《だんせい》にくわしく聞いた。

男性《だんせい》「わたしは自宅《じたく》で仕事をしているんですが、
少し席《せき》をはなれてもどってくると、
ベランダから
黒っぽいカッパを着た男が
侵入《しんにゅう》していて、
仕事場を物色していました。
わたしに気づいた男は、
なぐりかかってきたんです。
それで、一瞬《いっしゅん》気が遠くなりました」

■警察《けいさつ》「被害《ひがい》にあった金品はありますか？」

■男性《だんせい》「気がつくと男の姿《すがた》はなく、
わたしの腕《うで》から腕時計《うでどけい》が盗《と》られていました。
あれは買ったばかりの時計で
何百万円もするものだったんです。
盗難保険《とうなんほけん》に入っておいて助かりましたよ」

警察《けいさつ》は室内の様子を見て、
男性《だんせい》の証言《しょうげん》がきわめてあやしいとにらんだ。

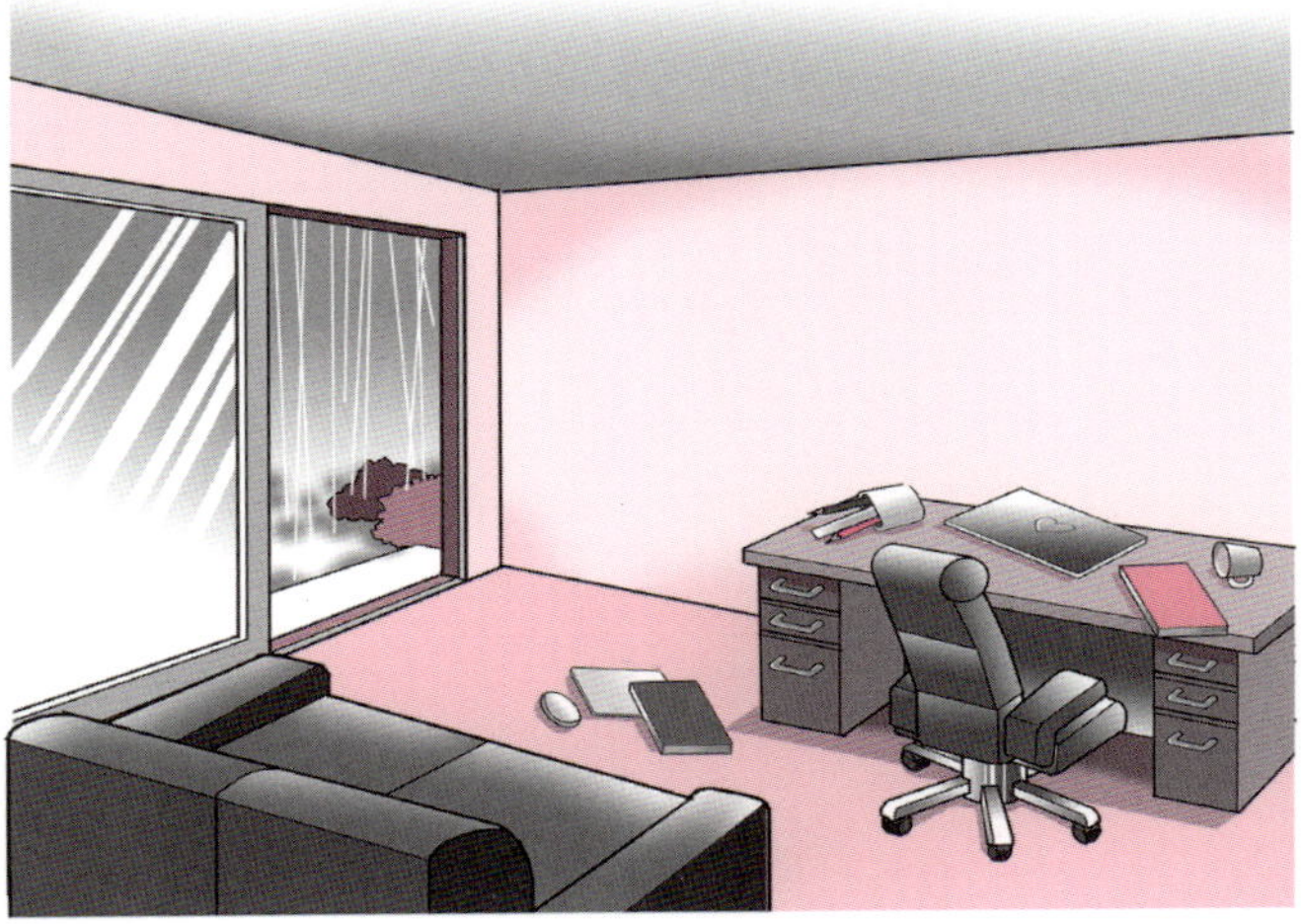

はげしく雨が降《ふ》っている中、
男が侵入《しんにゅう》したのなら床《ゆか》が濡《ぬ》れていなければおかしい。
それに雨の日の外部からの侵入者《しんにゅうしゃ》の足跡《あしあと》が
一切ないのも不自然だ。
男性《だんせい》が高級腕時計《うでどけい》を盗《と》られたというのは、
保険金《ほけんきん》を目当てに仕組んだ
自作自演《じさくじえん》の事件《じけん》の可能性《かのうせい》がきわめて高い。

ファイルNo.20

疑《うたが》わしい証言《しょうげん》

深夜、とあるアパートの202号室で殺人事件《じけん》があった。
被害者《ひがいしゃ》は大学生の女性《じょせい》で、
頭を鈍器《どんき》のようなものでなぐられ死亡《しぼう》していた。
警察《けいさつ》に通報《つうほう》したのは、
となりの201号室に住む会社員の男性《だんせい》。
帰宅《きたく》時に、通りかかった202号室の開いていたドアのすきまから
女性《じょせい》が倒《たお》れているのを発見したという。
警察《けいさつ》は男性《だんせい》から発見時の様子をくわしく聞いた。

■男性《だんせい》

「仕事が終わり、
自分の部屋に帰る途中《とちゅう》、
202号室の前を通りかかると、
ドアが少し開いていて、
そこから女性《じょせい》が倒《たお》れていたのが
見えたんです」

■警察《けいさつ》「その他、何か気づいたことはなかったですか？」

■男性《だんせい》「そういえば、わたしがアパートに帰ってきたとき、2階から悲鳴《ひめい》のような声を聞いた気がします。あっ、それから、階段《かいだん》からあわてて降《お》りてくる男がいました」

警察《けいさつ》は男性《だんせい》の証言《しょうげん》に不可解《ふかかい》な点があることに気づいた。

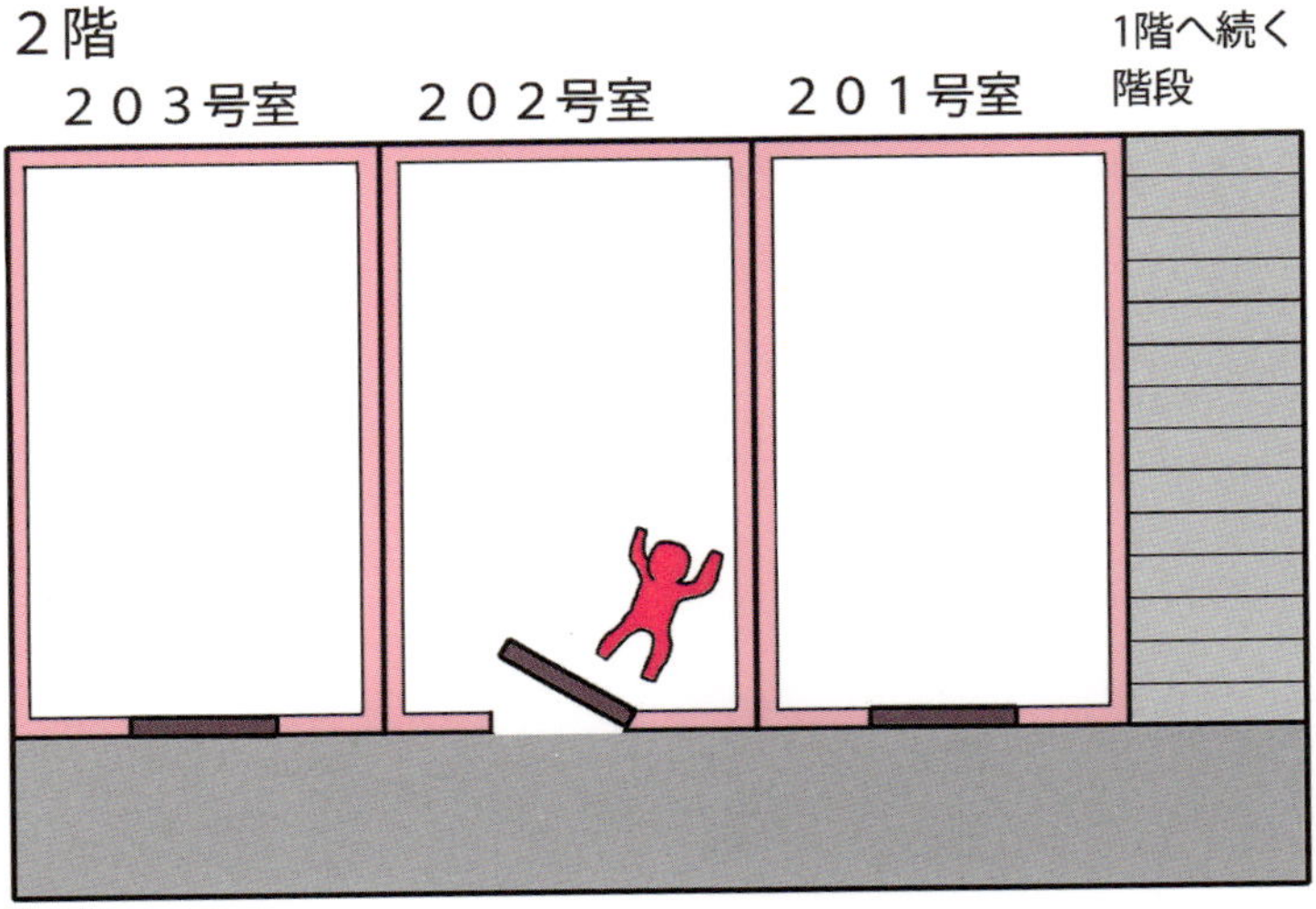

男性《だんせい》は「202号室の前を通りかかると」と言っているが、
自分の部屋は201号室なのでその手前であり、
ふつうわざわざ自分の部屋より奥《おく》までは行かない。
また、部屋の構造《こうぞう》を見ると女性《じょせい》の死体は、
ドアの裏側《うらがわ》の方にあり、外からのぞいても見えないはずだ。
男が女性《じょせい》を殺した犯人《はんにん》であり、
第一発見者を装《よそお》って警察《けいさつ》に通報《つうほう》した可能性《かのうせい》が高い。

ファイルNo.21

連続強盗《ごうとう》犯《はん》のボスは？

連日、新聞やテレビのニュースで騒《さわ》がれていた
連続強盗《ごうとう》のグループが逮捕《たいほ》された。
犯人《はんにん》は男三人のグループで、あちこちの町を移動《いどう》しながら、
強盗《ごうとう》を重《かさ》ねてきたが、警察《けいさつ》の努力のかいもあり
全員逮捕《たいほ》することができた。早速《さっそく》、事情聴取《じじょうちょうしゅ》をおこなった。
しかし、男たちは悪質《あくしつ》で質問《しつもん》に対して本当のことを
いっさいしゃべらなかった。

■刑事《けいじ》「この中でボスは誰《だれ》なんだ？」

■男A「もちろんオレさ。
オレの指示《しじ》でみんなは
仕事をしてるんだ」

■男B「ボスはCだよ。
オレたちはその命令で
動いてる実行役さ」

■男C「ボスなんかこの中にいないよ。
ボスは別のところにいて、
オレたちに指示《しじ》を出しているんだ」

三人全員がウソをついているとしたら、
ボスはいったい誰《だれ》だろう?

Aは「自分がボスだ」と言っているが、
三人ともウソを言っているのだとすると、
Aはボスではない。
Bは「ボスがCだ」と言っているので、
これもウソなので、Cはボスではない。
Cは「この中にボスはいない」と言っているが、
ウソなので三人の中にボスはいるはずだ。
なので、強《ごう》盗《とう》犯《はん》のボスはBだ。

ファイルNo.22

DIY《ディー アイ ワイ》殺人

休日にDIY《ディーアイワイ》の作業中に男性《だんせい》Aが殺された。買い物から帰った奥《おく》さんが死体を発見し、警察《けいさつ》に通報《つうほう》。連絡《れんらく》を受け、警察《けいさつ》は現場に直行した。

被害者《ひがいしゃ》はガレージで家具の塗装《とそう》の最中に殺害されたようで、ペンキやハケなどが散乱《さんらん》していた。

Aはうつ伏《ぶ》せに倒《たお》れ、手にはねじ回しが握《にぎ》られていた。

その後の捜査《そうさ》でその日、ガレージに出入りしたのは三人。

刑事《けいじ》は話を聞いた。

（DIY《ディーアイワイ》とは家具をつくったり家の修繕《しゅうぜん》をしたり、塗装《とそう》したりすること。）

■**Aの妻《つま》**「夫《おっと》は家具などの組み立てや塗《と》装《そう》が好きでこの日もずっとやっていました。わたしが夕方買い物から帰ると、ガレージで倒《たお》れていたんです」

■**Aの隣人《りんじん》**「わたしはタクシーの運転手をしていて、今日は午後四時まで勤《きん》務《む》だったので、帰って来たときにAさんと顔を合わせましたが、あいさつして、すぐに自分の家に入りました」

■**郵便配達員**《ゆうびんはいたついん》「わたしが郵便《ゆうびん》を配達に来たとき、Aさんはガレージにいて、郵《ゆう》便《びん》物を手渡《てわた》しましたよ。奥《おく》さんの姿《すがた》はなくて、一人のようでした」

刑事《けいじ》は三人の証言《しょうげん》を聞きながら、被害者《ひがいしゃ》の手に握《にぎ》られていたねじ回しの意味を考えていた。

当日、塗装《とそう》をしていたA。
塗装《とそう》とは関係ないねじ回しを握《にぎ》っていたのには理由がある。
Aは亡《な》くなる寸前《すんぜん》に、周囲にあったねじ回しを使い
犯人《はんにん》を伝えようとしたのだ。
ご存《ぞん》じのようにねじ回しはドライバーとも言う。
また、車を運転する人のこともドライバーと言う。
つまり、犯人《はんにん》はAのとなりに住むタクシー運転手の可能性《かのうせい》がある。

ファイルNo.23

図工室のいたずら

放課後、図工の教師《きょうし》が図工室に入ると自分の描《か》きかけの絵にいたずらされているのを見つけた。

美術展《びじゅつてん》に出品する大切な絵だったが、準備室《じゅんびしつ》にあった筆《ふで》と絵の具でらく書きされていた。

六時間目の授業《じゅぎょう》が終わった時点では、何もなかったことから、帰りの会終了《しゅうりょう》から下校時間までに、いたずらされたと考えられる。

教師《きょうし》が周りにいた子どもたちに話を聞くと、図工室に出入りした三人の子どもの名前があがった。

井上《いのうえ》あつし

「ぼくは、図工室を最後に出ました。
後《あと》には誰《だれ》もいませんでした。
絵にいたずらなんかしてません」

二宮《にのみや》かずき

「えっ？
図工室で絵にいたずら？
放課後、ぼくは図工室に入ったけど、
わすれものの筆《ふで》入《い》れを取りに行っただけですよ」

■佐久間《さくま》さとる

「そう言えば、下校時間のまぎわに
図工室から誰《だれ》か
出てきたような……」

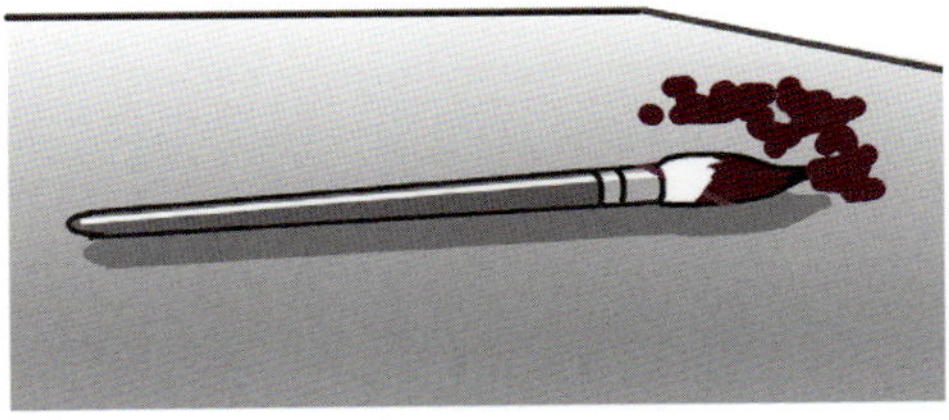

先生は、三人と面談《めんだん》して、
誰《だれ》がいたずらしたのかわかった。

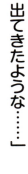

図工室の絵のらく書きを見ると、
書き終えた後《あと》の筆《ふで》の先を
右向きにして置いてある。
これは左利《ひだりき》きの人がやったいたずらだ。
井上《いのうえ》と佐久間《さくま》は右利《みぎき》きだが、
二宮《にのみや》は左手でエンピツをにぎっている。
らく書きしたのは二宮《にのみや》かずき。

ファイルNo.24

地下アイドル殺人事《じ》件《けん》

深夜、女性《じょせい》が凶器《きょうき》をもった男におそわれていると、警察《けいさつ》に通報《つうほう》があった。警察《けいさつ》がかけつけると、女性《じょせい》は腹部にナイフが刺《さ》さったまま亡《な》くなっていた。被害者《ひがいしゃ》は、地下アイドルで、ライブが終わり自宅《じたく》マンションに戻《もど》ってきたところを襲《おそ》われたようだ。警察《けいさつ》に通報《つうほう》したのは、犯行《はんこう》があったとされる時間にマンション近くを通りかかり、事件《じけん》を目撃《もくげき》した男性《だんせい》だ。

十文字《じゅうもんじ》刑事《けいじ》は、そのときの状況《じょうきょう》をくわしく聞いた。

■山田《やまだ》タクオ　職業《しょくぎょう》　アルバイト

「あの女性《じょせい》は、地下アイドルだったんですか？

昨日《きのう》の午前0時くらいのことでした。わたしがマンションの前を通りかかったとき、あやしい男が植《う》え込《こ》みの中から急に飛び出してきて、マンションに入ろうとする女性《じょせい》におそいかかり、ナイフでお腹《なか》を刺《さ》したんです。

女性《じょせい》はそのまま動かなくなりました」

■刑事《けいじ》「どんな男でしたか?」

■山田《やまだ》タクオ「黒っぽいパーカーを着た二十代くらいの男でした。男は、女性《じょせい》を刺《さ》した後《あと》、目撃《もくげき》したわたしに気づいてナイフでおそいかかってきたんで、大声を出したらあわてて逃《に》げて行きました。その後《あと》に警察《けいさつ》に通報《つうほう》したんですよ」

十文字《じゅうもんじ》刑事《けいじ》は、男性の証言《しょうげん》がおかしいことに気づいた。それはどこだろう?

犯人《はんにん》がナイフで目撃《もくげき》者の山田《やまだ》をおそうのはおかしい。
事件《じけん》を目撃《もくげき》した山田《やまだ》を犯人《はんにん》がおそってきたと言っているが、
現場写真では、ナイフは女性《じょせい》に刺《さ》さったままになっている。
仮《かり》に、そのナイフで目撃《もくげき》者をおそったのなら、
その後《あと》にもう一度、女性《じょせい》の腹部《ふくぶ》にナイフを刺《さ》しに行ったことになる。
十文字刑事《じゅうもんじけいじ》がそれを問《と》い詰《つ》めると、山田《やまだ》は自白した。
山田《やまだ》は被害者《ひがいしゃ》の地下アイドルの過激《かげき》なファンだった。

ファイルNo.25

パスワードを割り出せ!?

あるサギグループがいるマンションに警察《けいさつ》が突入《とつにゅう》して、メンバーの大半を逮捕《たいほ》したが、いち早く察知した指示役に逃《に》げられてしまった。しかし、マンションには、犯行《はんこう》に使われたスマートフォンやパソコンがあり押収《おうしゅう》された。重要な情報《じょうほう》は残されたパソコンに保存《ほぞん》してあるようだが、起動させてもパスワードがないと立ち上げることができない。しかも、間違《まちが》った数字を入力すると自動的に、こわれる仕組みにしてあるらしい。

パスワードを手下に聞くが、
指示役が一人で管理していて
自分たちは知らないと言っている。
ただ、現場にはパスワードを示す、
五枚《まい》のプラスチックプレートが
残されていた。

手下からの情報《じょうほう》でわかっていることは、次の通りだ。

●パスワードは4ケタの数字

●透明《とうめい》のプラスチックプレート
四枚《まい》を使ってできる、
いちばんケタの大きな数字をつくり、
数字が大きい順に入力する。

●ただし、4つの数字の合計が
10になること。

パスワードはいくつだろう?

単純《たんじゅん》に数字を大きい順に、４つ並《なら》べると「８４２１」。
しかし、条件に「４つの数字の合計が10」とある。
これを計算すると15になってしまう。
四枚《まい》を合計して10になるものがない。
手がかりは、透明《とうめい》のプレートとデジタル文字。
「２」を裏《うら》返して逆《さか》さにすると「５」になる。
「５」を先頭に数字を並《なら》べ変え、
合計が10になるようにすると、
パスワードは「５４１０」。

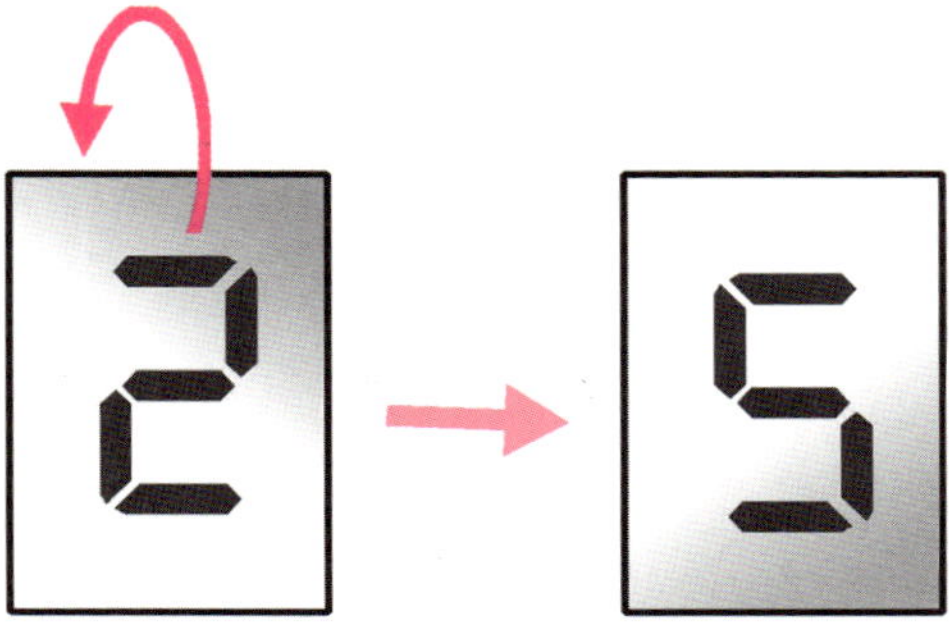

ファイルNo.26

キズついたぬいぐるみ

ある小学校の下校時の出来事だ。校舎《こうしゃ》の見回りをしていた先生が、多目的スペースから逃《に》げるように出て行った児童の後《うし》ろ姿《すがた》を見かけたが、一瞬《いっしゅん》のことで誰《だれ》かはわからない。

その後、そこをのぞくと「夏休み作品展《てん》」に飾《かざ》られていたAの手芸作品がこわされていた。作品はかなり大きなクマのぬいぐるみで、首や手足がもぎとられて床《ゆか》にちらばっていた。すでに児童たちは下校し、逃《に》げた子どもも帰ってしまった。

こわされた作品は、すぐに職員室《しょくいんしつ》に引き下げられた。

翌朝《よくあさ》、ぬいぐるみのいたずらを知らされたAは、職員室《しょくいんしつ》前で担任《たんにん》の先生になぐさめられていたが、いっこうに泣《な》き止《や》もうとしない。そこにBがやって来た。

■B「Aちゃん、どうしたの？目が真っ赤じゃない」

■A「わたしのつくった夏休みの作品が……クマのぬいぐるみが」

■B「えっ！　あのクマさんが？
だって、あれAちゃんが一生懸命《いっしょうけんめい》
つくったやつじゃない。
体をバラバラにされたら、
クマちゃんだってかわいそう。
ひどいな」

そのとき、二人のやりとりを聞いていた
先生は、おかしなことに気づいた。

Bはあまりにもいたずらの内容をよく知っていたからだ。

こわされたぬいぐるみは、すぐに職員室《しょくいんしつ》に持ってこられたために、他の子の目に触《ふ》れている可能性《かのうせい》はきわめて低い。

それでも、もし、下校時にBが多目的スペースの前を通ったのなら、そこに転がっている大きなぬいぐるみの頭や手足に気がつかないはずはない。

先生がBにくわしく話を聞くといたずらを認《みと》めた。

Aとケンカをして、腹《はら》をたててやってしまったとのことだった。

ファイルNo.27

英語教《きょう》師《し》殺人事《じ》件《けん》

とある中学校で英語教師《きょうし》「西 洋子」の死体が発見された。

発見されたのは午後七時。教頭が帰り際《ぎわ》に校舎《こうしゃ》を見回ったとき、教室で殺されているのを発見し、警察《けいさつ》に通報《つうほう》した。

抵抗《ていこう》した跡《あと》がないことから、顔見知りの犯行《はんこう》の可能性《かのうせい》が強いと警察《けいさつ》は判断《はんだん》。その時間学校に残っていたのは発見者の教頭を含《ふく》めて、三人の教師《きょうし》だ。

現場には、なぞの数字がダイイングメッセージとして残されていた。

■東野大輝《ひがしのだいき》　教頭　55歳《さい》

温厚《おんこう》で、教員からも信頼《しんらい》が厚《あつ》い。

■北島《きたじま》アキラ　国語科教師《きょうし》　48歳《さい》

教育熱心。ただし自分の意見は一歩もゆずらない。

■南《みなみ》田《だ》志《し》保《ほ》 数学科教師《きょうし》 26歳《さい》

被害者《ひがいしゃ》とは同期の教員。
どちらも男子に人気がある。

現場に残された
数字は何を意味するのだろう？
殺されたのは英語教師《きょうし》。
これを手がかりに
犯人《はんにん》を推理《すいり》してほしい。

被害者《ひがいしゃ》が残した数字48／26は分数でなく、
26文字あるアルファベットを示している。
48はアルファベットの順番を表す。
48というアルファベットはないことから「4」と「8」だ。
4番目は「D《ディー》」、8番目は「H《エイチ》」。
イニシャルがD《ディー》・H《エイチ》の人物は東野大輝《ひがしのだいき》になる。
英語の教師《きょうし》は意識《いしき》が遠のく寸前《すんぜん》に、
犯人《はんにん》にさとられないように知らせたのだ。
犯人《はんにん》は東野大輝《ひがしのだいき》だ。

ファイルNo.28

マンガ家殺人事《じ》件《けん》

ある有名マンガ家が殺された。
深夜、仕事場のマンションの一室で、机《つくえ》にうつ伏《ぶ》せになっている
遺体《いたい》をチーフアシスタントが発見して、警察《けいさつ》に通報《つうほう》した。
その後の警察《けいさつ》の捜査《そうさ》で被害者《ひがいしゃ》は、
毒物《どくぶつ》によって殺害されたことが判明《はんめい》した。
十文字《じゅうもんじ》刑事《けいじ》は発見者である
チーフアシスタントにそのときの様子を聞いた。

■春山《はるやま》一人《ひとり》　チーフアシスタント　アシスタント歴十年

「先生は、普段《ふだん》はこの部屋に一人でいて、アイデアを練《ね》ったりしているんです。アシスタントはこのマンションの別の部屋で作業をしています。今日は仕事終わりにわたしの作品を見てもらおうと訪《たず》ねたところでした。そうしたら、ドアが開いていて先生が毒殺《どくさつ》されていたんですよ」

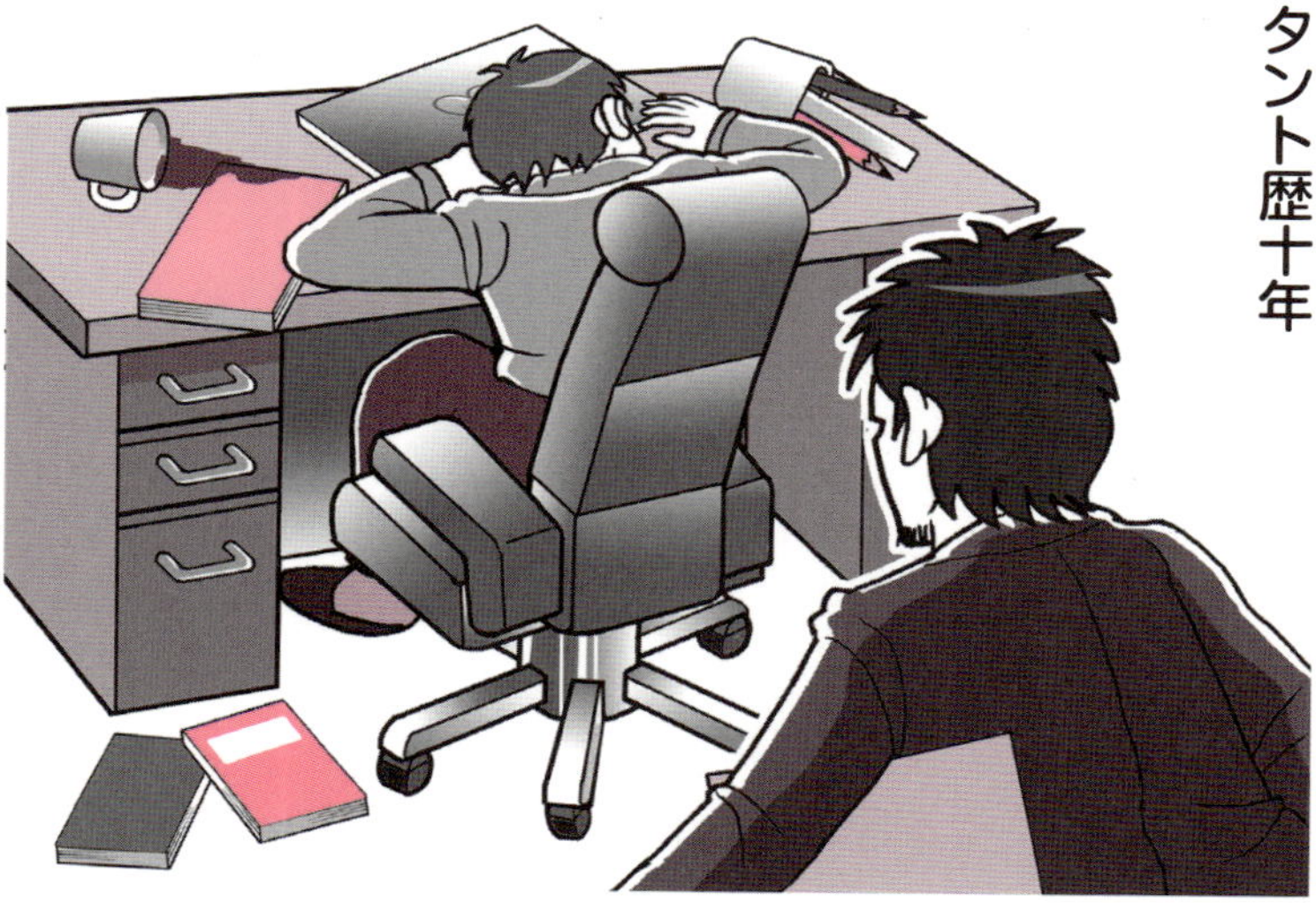

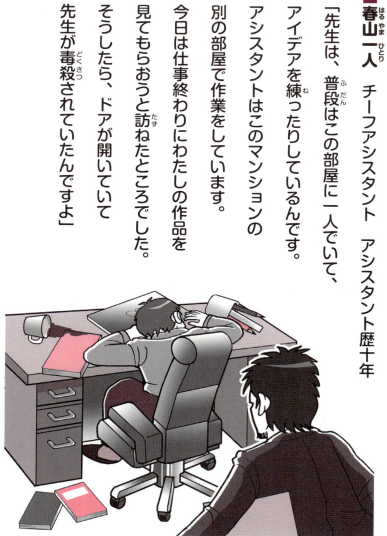

■刑事《けいじ》

「死体を発見したとき、あなたは手を触《ふ》れましたか?」

■春山《はるやま》一人《ひとり》

「いえ、遺体《いたい》にはいっさい手を触《ふ》れていません」

十文字《じゅうもんじ》刑事《けいじ》はこの証言《しょうげん》から、春山《はるやま》が犯人《はんにん》であることを確証《かくしょう》した。

春山《はるやま》の証言《しょうげん》に違和感《いわかん》がある。
被害者《ひがいしゃ》は仕事場の机《つくえ》にうつ伏《ぶ》せの状態《じょうたい》で亡《な》くなっていた。
そして、春山《はるやま》は遺体《いたい》にいっさい触《さわ》っていないと言っている。
被害者《ひがいしゃ》が病気などで、倒《たお》れている可能性《かのうせい》もあるはずなのに、
発見者の春山《はるやま》は被害者《ひがいしゃ》が死んでいることだけでなく、
殺された死因《しいん》までわかっているので
あきらかにおかしい。
春山《はるやま》はその後、自白した。
自分のアイデアを盗《ぬす》まれたことをうらんでの殺人だったようだ。

十《じゅう》文《もん》字《じ》刑《けい》事《じ》からの挑《ちょう》戦《せん》状《じょう》！

ここまでなぞを解《と》いてきたキミに
わたしから最後の問題だ。
これを「女神《めがみ》と小鳥さがす」
で読んでみたまえ。

きめのこ　さるどこい
さこいりは　さばこらしい。
いちだこんと　こちからを
めがこけ！

ヒント：めがみとことり、さがす

こたえは126ページ

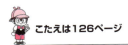

推《すい》理《り》力《りょく》・観《かん》察《さつ》力《りょく》テストこたえ

■P41：推《すい》理《り》力《りょく》テスト❶のこたえ

行っていない。

トラはアフリカには生息《せいそく》しないのでサバンナで見ることはない。

■P42：推《すい》理《り》力《りょく》テスト❷のこたえ

ツキノナミダ　イタダク。

（月の涙《なみだ》いただく。）

■P44：観《かん》察《さつ》力《りょく》テスト❶のこたえ

ナオキ → カイト → タイチ → サトルの順

■P81：推《すい》理《り》力《りょく》テスト❸のこたえ

24人

うっかりすると25人と答えそうだが、図に書くとわかりやすい。

■P82：観《かん》察《さつ》力《りょく》テスト❷のこたえ

ア：マツモト　　イ：マツシタ　　ウ：ツツミ
エ：タジマ　　オ：モトハシ

■P84：推《すい》理《り》力《りょく》テスト❹のこたえ

ボールペンで文字を書くと下の紙がへこむので、その部分にエンピツをねかせて、芯《しん》をやさしくこすりつけると文字が白くあらわれる。

■P125：十文《じゅうもん》字《じ》刑《けい》事《じ》からの挑戦状《ちょうせんじょう》！のこたえ

「きみの するどい すいりは すばらしい。いちだんと ちからを みがけ！」

（きみのするどい推理《すいり》はすばらしい。一段と力をみがけ！）

めがみは「め」を「み」と読み、**さがす**は「さ」を「す」と読む。

ことりは「こ」を取って読む。

■主な参考文献《ぶんけん》

「なぞなぞ名探偵(とびまるランド)」
重金碩之 著(大泉書店)

「この謎がとけるかな? 推理パズル 学校の事件簿」
横山験也 監修/夢現舎 編(ほるぷ出版)

「あたまをきたえる! すいりクイズ」
瀧 靖之 監修/タカクボジュン・嵩瀬ひろし・土門トキオ 作(成美堂出版)

「ユルQミステリークイズ」
北村良子 著(ポプラ社)

「あたまがよくなる! 寝る前ナゾとき366日」
篠原菊紀 監修(西東社)

「ひらめき! 謎解き! 推理ゲーム 3・4年生」
どりむ社 著(高橋書店)

著●土門 トキオ（どもん　ときお）
東京生まれ。漫画の他、なぞなぞ、だじゃれ、迷路などの児童書を執筆。
代表作には「おすしかめんサーモン」シリーズ（Gakken）がある。
推理クイズ関係著書には本書の他、「名探偵なぞとき推理ファイル140」（西東社）、「あたまがよくなる！たんていクイズ1ねんせい」、「ひらめき天才パズル4すいり」（いずれもGakken）他がある。

装丁イラスト●へびつかい
1988年生まれ、広島県尾道市出身。独特な色彩と繊細な描線が特徴のイラストレーター。
幻想的な作風で、Webを中心に多くの作品を発表している。

迷《めい》宮《きゅう》突《とっ》破《ぱ》！
60秒の推《すい》理《り》ファイル
パート2　仮説の落とし穴

2025年1月　初版第1刷発行

著　　者　土門 トキオ
発 行 者　三谷 光
発 行 所　株式会社 汐文社
東京都千代田区富士見1-6-1
富士見ビル1階　〒102-0071
電話03-6862-5200　FAX03-6862-5202
https://www.choubunsha.com/
印　　刷　新星社西川印刷株式会社
製　　本　東京美術紙工協業組合

ISBN978-4-8113-3179-9　NDC913